TROP SUPER TROP SUPER TROP SUPER TROP SUPER
SUPER TROP SUPER TROP SUPER TROP SUPER TROP
TROP SUPER TROP SUPER TROP SUPER TROP SUPER
SUPER TROP SUPER TROP SUPER TROP SUPER TROP
TROP SUPER TROP SUPER TROP SUPER TROP SUPER
SUPER TROP SUPER TROP SUPER TROP SUPER TROP
TROP SUPER TROP SUPER TROP SUPER TROP SUPER
SUPER TROP SUPER TROP SUPER TROP SUPER TROP
TROP SUPER TROP SUPER TROP SUPER TROP SUPER
SUPER TROP SUPER TROP SUPER TROP SUPER TROP
TROP SUPER TROP SUPER TROP SUPER TROP SUPER
SUPER TROP SUPER TROP SUPER TROP SUPER TROP
TROP SUPER TROP SUPER TROP SUPER TROP SUPER
SUPER TROP SUPER TROP SUPER TROP SUPER TROP
TROP SUPER TROP SUPER TROP SUPER TROP SUPER
SUPER TROP SUPER TROP SUPER TROP SUPER TROP
TROP SUPER TROP SUPER TROP SUPER TROP SUPER
SUPER TROP SUPER TROP SUPER TROP SUPER TROP
TROP SUPER TROP SUPER TROP SUPER TROP SUPER
SUPER TROP SUPER TROP SUPER TROP SUPER TROP
TROP SUPER TROP SUPER TROP SUPER TROP SUPER
SUPER TROP SUPER TROP SUPER TROP SUPER TROP

Trop Super éditeur : François Martin assisté de Marine Tasso

Trop Super directeur de création : Kamy Pakdel

Trop Super maquette : Christelle Grossin

Loi 49-956 du 16 juillet 1949 sur les publications destinées à la jeunesse.

Reproduit et achevé d'imprimer en août 2015 par l'imprimerie Grafiche AZ

pour le compte des éditions ACTES SUD, Le Méjan, Place Nina-Berberova, 13200 Arles

Dépôt légal 1re édition : septembre 2015 - Imprimé en Italie

LES TROP SUPER
LE COMPLEXE D'ADÈLE

Henri Meunier Nathalie Choux

ACTES SUD JUNIOR • BD

C'eeeest Pipo le pompieeeer poiluuu.
Qui peste, l'entends-tuuuu ?
Chauve qui peut, chauve qui peeeeuuuut !
Mes cheveux sont en feuuuuuu !

Chauve qui peut, chauve qui peeeeuuuut !
Mes cheveux sont en feuuuuuuu !
Balbir ! Bruno !

Vous devriez chanter "Une souris verte" plutôt.
T'aimes pas "Pipo le pompier poilu" ?
Elle est rigolote, cette chanson !

Sauf que des fois, les trucs rigolos, c'est pas drôle.
Oh là, là, là, purée ! Mais qu'est-ce qui est arrivé à tes cheveux, Amir ?
Comme tout le monde, hélas ! En ce moment, un fou profite du sommeil des gens pour leur raser la boule à zéro.

Aaaah, c'est pour ça que papa faisait la tête ce matin. Moi, je croyais qu'il s'était rasé les cheveux pour ressembler à papi. Mon papi, il est drôlement joli même s'il n'a plus aucun cheveu.
Regardez comme les gens sont tristes. C'est pas marrant de se coucher avec une jolie coupe de cheveux pour se réveiller le lendemain matin sans aucun poil sur le caillou.

J'espère qu'Interpoule va arrêter très vite ce raseur nocturne.
Moi aussi. Ah, c'est rageant, s'il n'y avait pas école, je connais deux super-héros qui attraperaient ce dingue dès ce matin.
Ah oui ? Qui ça ?

Eh ben ça tombe bien, il n'y a pas école. J'en reviens. La maîtresse est absente. Il paraît qu'elle a trop honte de se montrer tondue.
Oh, pauvre maîtresse, c'est triste...
Heu, c'est triste aussi pour la piscine. On devait y aller ce matin justement.

Excuse-nous, Amir. S'il n'y a pas école, **on a un truc urgent à faire !**
On va à la piscine, Balbir ?
PFFF, ben non, bêta, je crois plutôt que…

VOILÀ UNE MISSION POUR LES

TROP SUPER !

Comment mettre la patte sur ce raseur fou ? On sait qu'il agit la nuit, mais c'est tout. Tu as une idée, Flash ?
Oui : fonçons à la piscine. Je réfléchis drôlement bien dans l'eau.
Hum, j'ai surtout l'impression que tu réfléchis mal quand tu as très très envie d'aller à la piscine, Flash...

Qui dit cheveux coupés, dit cheveux qui se promènent au gré du vent. Vrai ou pas vrai ?
Je ne sais pas, j'ai pas de cheveux.
Chez le coiffeur, on croit souvent qu'il y a de la moquette sous les sièges. Mais en vrai de vrai, c'est seulement des cheveux qui volettent.

Partons à la recherche de cheveux volants, ils nous mèneront tout droit à ce raseur de nuit.
Ok patron, à fond les bulots !

Regarde bien partout, Flash. C'est petit, un cheveu.
Surtout les cheveux de chauves !

Z'ai une zuper piste, Zuper.
Pourquoi tu parles comme ça, Flash ?

C'est que z'ai ma piste sur la langue, patron.

Il n'y a plus qu'à remonter ce flot de cheveux jusqu'à sa source, Flash.
Dommage que ces cheveux aillent dans le sens du vent, patron. Ce serait plus facile de voler dans l'autre sens !

Dis donc, patron, j'ai comme l'impression que nous allons tout droit vers la grotte maudite de la mort maudite.

Oui, nous y allons tout droit. Maudite mission, en vérité !

Prudence, patron.
Personne n'est jamais sorti vivant
de cette maudite grotte !
Vrai. Prudence, Flash.
Cela dit, personne n'est jamais entré
dans cette grotte non plus.
N'empêche,
ce n'est pas très bon signe...

Couvre-moi, Flash Tortue, je passe devant.
En avant, patron. Je reste derrière.

Ouin, ouin…
Pas facile d'avancer dans cette masse de cheveux.
Ouais, c'est un peu comme la piscine finalement.

Ah ! ah ! ah !
Flash, tu as entendu ?
On dirait que quelqu'un rit et pleure en même temps…

Ah, ah ! les gens me trouvent moche parce que je n'ai pas de cheveux ?
Ah ouais ? D'accord ! Demain, grâce à mes ratiboisettes mécaniques, tout le monde sera chauve comme moi. Nous serons tous égaux des cheveux. Ah ! ah ! ah !
Adèle, la sauve-chouris ! Elle est folle !
Oui, Adèle, la fauve-souris, folle à louer !

Rends-toi, Adèle, tu es faite !
Enfer, les Trop Super !
À l'attaque, fidèles ratiboisettes !

Trop Super, super prêts.
Pif paf, la bagarre !

Prends ça !

Rasez-moi
ces deux gêneurs, mes fidèles...
Voilà pour toi !

Tu as perdu,
rends-toi, super vilaine !
Mais je suis pas vilaine,
j'ai pas de cheveux, c'est tout.
Ouin, ouin, c'est quand même pas
ma faute !

Grâce à ce plan diabolique,
je voulais me faire plein d'amis tout aussi moches que moi.
Des chauves-tigres, des chauves-cochons, des chauves-merles.
Tous unis dans la chauve-famille.

Mais ça rend les gens malheureux. C'est idiot. Tu devrais chercher ton bonheur plutôt.
Et puis, t'es pas moche du tout. Si nous ne sommes pas tes amis, ce n'est pas parce que tu n'as pas de cheveux.

C'est parce que tu vis la nuit et que nous, on vit le jour. Sans ça, on voudrait bien être tes amis.
Mais je ne pourrai jamais jouer avec vous. La lumière du jour me fait hyper mal aux yeux.

À chaque problème, sa solution. Au lieu de raser tout le monde, tu devrais mettre une perruque. C'est quand même plus simple.
C'est pas bête. Sauf que je n'y avais pas pensé.
Et pour tes yeux, c'est pareil...

Tu devrais laisser tomber
les lunettes de soleil, Flash.
Tu ressembles un peu
à une mouche à miel comme ça.

Maiiis, ne te moque pas, Super ! Quand on se moque des autres, ils deviennent malheureux. Et parfois, le malheur, ça rend méchant.
Bien vrai, ça. Sauf que t'es plus beau en normal. T'es très beau même...
Moi aussi, je te trouve belle, Adèle !

LE SAVAIS-TU ?

Les chauves-souris vivent la nuit : elles dorment le jour, la tête en bas, pendant vingt heures en moyenne ! On dit que ce sont des animaux nocturnes.

Pour se repérer et se déplacer dans la nuit, les chauve-souris se servent de leurs oreilles et de leur voix : elles poussent de petits cris et écoutent comment ces cris rebondissent sur les choses autour d'elles.

C'est comme le système des radars !